还原的轨迹

晓佳　著

终有一天我会切开自己的心房
让你看见
破茧的蝶

西南大学出版社
SWUP 国家一级出版社 全国百佳图书出版单位

图书在版编目(CIP)数据

还原的轨迹 / 晓佳著. -- 重庆 : 西南大学出版社, 2022.4
ISBN 978-7-5697-1269-8

Ⅰ. ①还… Ⅱ. ①晓… Ⅲ. ①诗集 - 中国 - 当代 Ⅳ. ①I227

中国版本图书馆CIP数据核字(2022)第022817号

还原的轨迹

HUANYUAN DE GUIJI

晓佳 著

责任编辑: 张 昊
责任校对: 李 君
装帧设计: 观止堂_未氓
排 版: 夏 洁
出版发行: 西南大学出版社(原西南师范大学出版社)
重庆·北碚 邮编:400715
印 刷: 重庆荟文印务有限公司
幅面尺寸: 145mm×210mm
印 张: 9
字 数: 140千字
版 次: 2022年4月 第1版
印 次: 2022年4月 第1次印刷
书 号: ISBN 978-7-5697-1269-8

定 价: 68.00元

晓佳，本名王小佳，西南大学教师，重庆作协会员。专攻植物遗传育种理论，业余码字。无论小说、散文、诗歌，都奉行“三不”原则：不说假话，不唱颂歌，不写空文。作品在《星星》《诗歌报》《十月》《青年文学》《散文家》等报刊发表并收入《80年代大学生诗选》《中国当代微型诗选萃》《中国当代微型诗十二家》等若干集子，多次获全国征文奖。

诗人晓佳

吕　进

现在的晓佳，比较富态，发际线也向后退去。在20世纪80年代那会儿，他在西南农业大学(以下简称西农)读研究生，二十几岁的他来西南师范大学(以下简称西师)拜望我的时候，头上的头发是一片瓦，也不胖，给我的第一印象，小伙子很讲礼节，虽说是学农的，但是诗写得不错。他时而从西农过来，请我看诗稿。

晓佳就这样成了我的年轻朋友。西农在采摘广柑了，他就骑着自行车到西师，给我捎来一篮广柑。他回南溪老家了，回到北碚，他就骑着自行车，给我带来老家的特产豆腐干之类。他担任西南农业大学校长以后，仍然热心参加北碚的诗歌活动。说实话，坐在大学校长办公桌后面的他，的确不太像一个搞管理的，更像一位很单纯的诗人：没有身份感，没有城府，大大咧咧的，直来直去。到了现在，退下来以后，他写的个人简介真的很“简”：“西南大学教师”，连“教授”都不提，更不显摆当过两所大学校长的经历。

西农和西师合并为西南大学，晓佳从西农校长，变成西南大学校长。他上任不久，到他分工联系的中文系和大家见面，讲话时不断对并不在中文系工作的吕进表示敬意。消息传开，麻烦了，不断有人找我反映各种问题，请我“给王校长说说”。我不得不一再说明，我和他是诗友，他现在没有时间写诗了，所以王校长和我就几乎没有什么私人联系了，抱歉，我帮不上任何忙。

我和晓佳关系很好，但是我们几十年的交往一直“淡如水”，几乎很少一起吃饭。只有一次，军旅诗人朱增泉到访新诗研究所，我主动给晓佳打电话，我说朱增泉知名度高，得过鲁迅文学奖，而且又是中将，建议他作为校长请朱将军吃顿饭。于是我们在北碚一个酒店一起用餐,这也许就是记忆里和晓佳难得的几次聚餐之一。那次聚会,一个是校长,却更像诗人;一个是指挥千军万马的高级将领,却对文学一往情深;餐桌上端上的菜品好像全部是诗歌,雅致极了。

晓佳写微型诗。在《美学》第三卷中,黑格尔有一段我以为很精辟的话:“像风飘过琴弦一样震动诗人心灵的瞬息感觉构成抒情作品的内容。因此,无论抒情作品有怎样的思想,它不应该太长,往往应该是很短的。”诗歌的基本美学特征就是篇幅短。所以,微型诗不好写。李东阳有一首写墨竹画的诗:“莫将画竹论难易,刚道繁难简更难。君看萧萧只数叶,满堂风雨不胜寒。”把“满堂风雨”变为“萧萧数叶”,这是要功夫的。

晓佳的微型诗一般是三行诗,第一行较长,第二行很短,起到承上启下的转折作用,第三行居中,节奏感很强。他的诗颇多人生乐趣。日常生活、平凡世界,经过诗人的目光,就诗趣盎然了。晓佳写错觉、视觉、听觉、触觉和嗅觉,写得趣味横生。这是《嗅觉》，叫人忍俊不禁——

当太太叫我们全称的时候
你会闻到
龙卷风的气息

晓佳的诗不轻薄，有厚度，所以耐读。他笔下的“落日”是这样的——

下山之后，还会
照亮
另一个世界

他写“猫头鹰”——

捕食的诀窍
就在
颠倒黑白

这就是诗人的眼睛啊。诗人不在乎世界本来怎样，而是着力表现世界在诗人眼里怎样。晓佳喜爱哲学,尤其是古希腊的哲学家苏格拉底,这位让西方哲学从研究自然转向研究自身,把哲学从天上拉回人间的哲学家的确值得敬仰。我很赞赏晓佳的这一喜爱。他的微信名字就是“苏格拉底”。2009年,他应我之邀,为四卷本的《吕进文存》写了一篇序:《删繁就简三秋树,领异标新二月花》。在序言里,他又提到了苏格拉底:“吕进先生这样的学术带头人在学校里是不多的。他为学校的建设,尤其是文科的学术建设,做出了自己的贡献,也因此受到全校师生的敬重。先生七十大寿时,学生们自发地为他塑了一尊苏格拉底式的智者铜像就是最好的例证。”与哲学为邻,与苏格拉底为友,晓佳的微型诗就常有理趣,总在寻求智者的风度。

晓佳写各种花,写得花枝招展,玉兰、兰花、荷花、梅花、牵牛花都成功入诗。这是《牵牛花》——

藤蔓悄悄地攀附

吹着喇叭

往上爬

读着这些诗，我就想起20世纪80年代的趣事。那时是讲座的时代。有一次，西农党委宣传部请我去给全校学生讲诗。晓佳他们五个研究生事先给我准备了一盆君子兰，晓佳说："肥料都是弄好了的，把花盆搁在阳台上就行了。"这在当时是多珍贵的礼物啊，当时全国是"君子兰热"，君子兰身价很高。讲座结束后，宣传部说，没有汽油了，只好请我自行搭乘公交车回去。好在西农西师是两隔壁，只有一站路。那个时候，车上几乎没有座位，乘客一般都是站着的，重庆公交售票员的享誉全国的标志性动作是"拍肩售票"，她在乘客中穿行，挤到你面前卖票。售票员拍我肩的时候，双手捧着花盆的我才一个激灵，想起身上根本没有带钱。尴尬中，乘客里响起一个年轻的声音："吕老师，我给你买了！"我还来不及表示感谢，就已经到达西师站，赶紧下车。

我很欣赏诗人晓佳现在的生命状态,这是令人羡慕的状态。他有一首微型诗说到自己:

牵手晚霞,毫无功利地走
小路
自然宽敞了许多

这种情怀在晓佳的其他诗作里,也一直贯穿着。

目录

组诗选

微型诗选

短诗选

组诗选

古　镇

为什么
这些陌生的老屋
都弥漫着
家的味道

当你走近
却永远找不到那面
熟悉的
镜子

静静伫立，听见风和树叶
窃窃私语
陈旧的窗花，就这样
封存了答案

森　林

仰首,深深呼吸
然后作别阳光,融入迷失的
喘息和昏暗
这时邂逅的原始
其实
是一种心情

突然发现
那些倒伏的枯槁,那些
层层腐烂的落叶
渐渐
站成了永久,成为
时光的主人

远　足

当脚印盘旋于空荡的山涧
记忆
便逶迤于崎岖两侧
开放
欢乐之花

偶尔的相遇,一个眼神
已经足够
让行囊擦肩而过
足音渐远
见证另一种挽留

云朵在湖泊里驻足
树木安详
唯有风,神秘莫测
它自由地
带走一切

听　雨

谁的指尖在拨动
这根琴弦
令人心颤

几片被打动的枯叶
忆起过往
点点滴滴

眼睑像伞一样闭合着
任天籁
在满脸的沟壑游走

灯光靠着我湿润的背影
默默张望
秋天的夜的忧伤……

归 思

该结束了，庄稼已经收割
风景
已靠墙栖息

今夜如昼，仿佛预支了
余生的阳光
指引回家的路

有人在远处呼喊，手绢
白白的
已挥成天边的云朵

寒冷的寂静

寒冷的寂静是纯粹的,正如
雪花飘落,洁净
而
悄无声息

人在纯粹的寂静中
就会去寻找
某些日子、某些事物、某些也许不存在的
过往

我不知道为什么
在这片纯粹的镜面里,常常
找不见自己,仿佛雨天的屋檐下
童年都滴成了梦呓

一条路,一行脚印,诸如此类
在眼前飘忽不定
而那双走了一生的鞋,却不知

去了哪里

弄清谁在寂静中徘徊
也许并不重要
拧干了晾在天井里的那些季节，始终会
穿在身上

纯粹的寂静是寒冷的，因为只有在冬天
一切萌动的思绪，都被掩盖于
白雪，和
黄土地之下

冬　夜

冷风在外面轻轻地
敲了一下窗棂
然后顺着墙根，去寻找
落脚的地方

它不忍打搅我，是因为
屋内柔和的灯光
抚摸着一页
来自远方的文字

这些文字极不安分地
跳跃着，不断闪耀一种
固执的光芒，直至穿透
整个冬天

一行行的秀丽，雁阵般
掠过深空
捎来某种心绪，某种久违的
肉体的愉悦

这就是北边的冬夜吗
那样温暖，完全非我想象
就如你的文字，总是
出人意料

冷风又在外面轻轻地
叩响我的窗棂
是时候让你进来了,等我去
拉开门闩

心　情

冬天的心情,总是带着
满满的渴望
那是对阳光对温暖的爱的渴望
对一个朋友一封书信
猝不及防地带来惊喜的
遐想

我尝试着不去惆怅
走进书房
翻开一本书又一本书,只看见

一字字一行行
都是迷惘,都是黎明的十字路口
无助的彷徨

我不知道在期待着什么,不知道有谁
有何种路标还值得我
期待
远处闪烁的灯光,也许明白
此时,我如此透明的
心情

风吹过来,有些寒冷
我紧紧围脖,开始抬起犹豫的脚步
向那盏灯迈进
希望那里能找到
一双春天的手,来牵引我
走进天明

暖　冬

我知道你很冷，檐前的秋雨
早已悬挂为半空的泪珠
你的嘴边不断地冒出热气，说明
你仍在絮叨着
已经很难表白的
某种欲望

我很想把飞快下坠的水银柱
提起来，听听你微弱的心跳
听听北边的风
是多么肆无忌惮地带走那些黄叶
唇齿间的
余温

我开始紧紧地抱着你，就像抱着一捆
血液凝固的枯枝
我想如果期望的火花能把你点燃
就能把你浑身上下的寒战
变作你
想要的暖冬

冬天的风

冬天的风
在离别的站台徘徊
看我们咫尺间的
相拥

肩头扛着对方
濡湿的耳语,我知道你冰凉的手
在我的后背
轻轻地拍了两下……
然后是决绝的转身
只留下
风衣扬起的红韵,让寒冷
四下逃散

高铁渐远。人们竖起衣领
开始寻找回家的路
我却纹丝不动,期待着冬天的风
将我带走

真　相

这是一个够不到的世界
无论穷人还是富人、树木抑或花草
精神和肉体
山川与河流
都无法验证我的内心
何时能丈量出
那个咫尺天涯的
距离

春天的桃红柳绿
转眼
就是秋风萧瑟，落叶的悲戚
撒满一地
仿佛
男人和女人会心一笑之后
就被薄薄的窗户纸
天各一方

我们似乎触摸不到
内心的脉搏
即使对着
一面无比真实的镜子
最后看见的
永远是
一副无比真实的
面具

主　宰

我一直想不明白,什么是
时间
它以数不清的线索
牵动这个世界的每一个眼神
我们与木偶别无二致,在这些线索的
操纵下
周而复始地劳作、栖息和繁衍后代

或者山崩地裂
我们的每一句话、每一个笑容
甚至每一次呼吸
都瞬间成为历史，就像
清凉的溪水
一旦漫过脚背，现实
就已然走远

反　射

近些日子
我常常幻想着
能够站在一个空旷的黄昏
陪伴天边泣血的云絮
去裁剪某种翅膀
在高远处
绝望地盘旋

我的目光看起来直射远方
直射一切
那些原本属于过去或将来的飞翔
但我很清楚
我想看到的,只是
内心隐藏着的
某种
自私的满足

谬　误

我把昨日心情
编织成一只鸟笼,期望着
明天,能像一只漂亮的金丝鸟
乖乖钻进来,欢乐跳跃
她惊艳的歌
也能乖乖地
待在这个冠冕堂皇的笼子里

慢慢风化
成为我想象中的美丽

后来我发现这个想法有些荒唐
因为我同时发现
自己分分钟所渴望的
恰恰是
如何挣脱
这个折断了翅膀还让我痴迷的
樊笼

还　原

悬挂在墙上的日子，被一页页
撕下来后
又会挂上另一些盘算
它们由于期待，在这里或那里画上圆圈
星星点点布满了标记

却仍然改变不了
一页页被翻过去的命运

也许
我们永远也弄不明白
这些日子的意义
哪怕春暖秋凉白开水般地
浅显易懂
生活的雾霾,始终蒙蔽着
我们的双眼

轨　迹

在宇宙的怀抱里
我们始终是一粒粒尘埃
在时间的长河里,我们甚至
算不上一滴水

然而生命闪现的一刹那
我们可以随风起舞
用自由的飞翔
在无垠而永恒的帷幕上
勾勒出
曾经的快乐和痛苦，以及灵魂的
卑微或高贵

这些飞扬过的轨迹
不需要
任何形式的
记录

内心深处（组诗）

镜　像

一匹套车的马。驮着几只
跳跃的黄雀
马跑着
鸟唱着……

一个英雄辈出的时代
就这样诞生了。镜子里
人们
为一只只鸟儿授勋

秋　蝉

以哀鸣蘸着月色，写完
夏天的遗嘱。她原本是流连阳光的
却只能

重归漆黑的漫漫长夜

我听着。看着。想着
她
与我们有何不同

中　秋

并非每个中秋都有圆月。杯中倒影
摇曳的,往往是自作多情

就像桂香和艾草味,又如何能
浸淫
看不见的远方

冷　月

洒下秋寒的,其实不是月光
那是心绪荒凉
将黑夜
涂抹成了另一种风景

就像一曲流浪的萨克斯风
总是一朵接一朵地
种下
岁月的忧伤

情　话

请将插入她生命的那些
管子
轻轻拔下来

让她像一只远去的鸟
消失在
明净的天空里

她倚着我。在一叶漂流的竹筏上
托付这个心愿
已是很多年前的事情

今天,是兑现承诺的时候了
我需要听见
她扇动翅膀的声音

在春天行走（组诗）

三　月

麦苗青了，菜花黄了
许多蜜蜂，却再也不能回来
而
新生的季节照样发芽
昨日的疼痛
已破茧成羽
一路飞向绽开的四野
停留在草地、花丛或树林的发尖
宣告：生命的钟摆
永不停歇

在路上

当我听见原始的山涧瀑布
某种野生的快感

就呼啸而来
飓风般地卷走内心疲惫

我始终经历着自以为优雅的痛苦
总想
扔掉岁月的拐杖
让脚步变得自由而年轻

就这样背着寻找未来的行囊
我
一直徘徊在
起点和终点之间

失　眠

窗帘虽厚,却挡不住
天际发白
几声鸟叫

清脆地撕开黎明

昨日的被窝
依然盖着我的思绪
仿佛盖着一个雨天,从屋檐
滴下的童年

窗外早起的咳嗽,捎来一阵喜悦
当别人沉睡的时候
我清醒着。我比他们又多活了
几个小时

盲道行

墨色无垠,紧紧包裹着整个世界
我知道
来自天边的第一片阳光
其实已经落地

日子周而复始
能否告诉我如何走出困境,走出
与生俱来的迷茫
已不再重要

我的触须并不孤单
岁月的足音围绕耳畔。是黑夜
教会了我
用指尖去捕捉拔节和开花的声音

而那些看过来的疑惑
必将成为
比年轮和星空更加深邃的
注目礼

品　茗

一壶谷雨
将茶女的纤纤十指

煮成了
翩翩水袖

眼前婀娜
心里婆娑
舞作林间的月色和虫鸣
沁润天边的彩霞与云朵

心脾与情绪
都在一抿之间清澈起来
有意无意
仙佛兼得

残　荷

季节逐渐消瘦
半收的雨伞，再也撑不起
渐稀的蛙鸣

鱼虫环绕，寻觅往日高贵
奈何
沧桑的蜻蜓已经远离

偶尔有桨声划过，却
再也等不到
采莲的纤纤之手

此时的晨露，与夜交织
光与暗
已无纤毫之差

回　乡

扒开青苔，喝一捧久违的苍凉
虫鸣
似醒非醒，声声叩响
窗棂已面目全非

儿时的脚丫，溅起
绵绵秋雨
那条梦中的石板路，从屋檐
忧伤地滴下来

黄昏自鬓角飘落，溪水
已然走远。而那棵槐树不老
还像当年的女人
默默望着我……

眺　望

墙外桂香
骑着大雁向南飞去
留下山野
寂寞地凋零

一棵苦楝，枯枝上歇着
几只黑鸟，远远朝向我的窗口
偶尔抛过来
一两声孤独

霜夜降临，我决定门户大开
任冷风刮走心上的秋
让日子
不再有“愁”

缘　起

从开着裤裆奔跑
到
拄着手杖拐进月色
我用脚,在命运的乳房上
戳满了印信

它像石灰岩一样见证我的刚强
又像血红的叙事
让我不寒而栗。我以为
它能像婴儿一样慢慢地萌芽和拔节
然后
有一天结出满树的惊讶

只是没有想到
一场短暂的秋雨
就把它洗刷得干干净净
让故事
重回简单

摆 渡

落叶在空中飞翔
是死亡
给了她翅膀

她不知
何时歇息、何处歇息
只顾留下
自由飞舞

等待坠落，让死亡与风
摩擦出
生命的火花

旁观者

冬月渐浓,寒冷挂在
人们的眉梢
路边小店烫了一壶期待
等候不速之客
搓着手
带来些许
够得到的日子

灯影晃过小店的窗口
来去匆匆
没人伸手去掀开厚厚的门帘
仿佛它的使命
就是阻止
一支描绘快乐的
画笔

眼巴巴瞅着窗外
忽闪的身形

掌柜的耐心开始模糊
仿佛某个卖火柴的姑娘翩然而至
点了那壶已烫伤的营生
这时的夜
打了个长长的哈欠……

心　语

请将岁月的手,轻轻
放在胸前
让心头的积雪渐渐融化
当寒夜降临,让我们
找回阳光照射下露珠的谦卑
短暂的晶莹,也许
就是记忆里的那一缕芬芳

让时间塑造爱,就像
一片石林

始终保持着数万年前
在海底的样子
尽管被爱像花儿一样
既美丽
也会凋谢

心 绪

有一天突然耳鸣
让我想起
树荫里的蝉

经历过漫无边际的黑暗
怎能不放开喉咙
去歌唱阳光

余音所到，是否有人
用晚秋的笔

为她的遗嘱落款?

几根狗尾草随风摇头
仿佛告诫着
不要涂乱了季节的留白

晚钟响了,时光飘忽不定
耳鸣在黄昏的拐角处
戛然而止

履历表

曾经的脚印
就这样
被时光的刀锋肢解,犹如
纺车讲述的故事
似是而非

那些描绘生命的笔
显得弱不禁风
将凌乱的代词、名词或动词
拼凑成
残缺的日子

然后
在岁月尘封的抽屉里
等待挖掘
抑或
成为命运的借口

钓

漂竿带着半日闲暇
急剧地下沉
起竿
再起竿……

一只蝴蝶飞过
让我想起
小猫钓鱼的故事

抛下的诱饵
就这样
被那些暗笑着的、快乐的
鱼
拽进水底
痛饮

秋雨绵绵（组诗）

雨　季

八月刚过
雨季不期而至

窗外灯光开始生锈
夜的画笔蘸满潮湿的心情
试图勾勒出
某些藏进种子的阳光

一粒粒，一滴滴
仿佛腮边悬挂的日子
等待深秋的花瓣
将她接住

独　酌

桂香有些潮湿
浸淫着
杯中的远方

芭蕉叙述着黄昏的家常
淅沥沥一些遐想
曾经的路过，是否
还能回归？

就像我紧攥着空无一物的小手
悄悄
来到这个世上

窗　外

雨有些累了
窗台上
溅落着慌乱的眼神

远山那一片树林
露出裸色
带来就要天晴的感觉

我端了杯热茶来到窗前
开始对路过的花伞
想入非非

面秋而歌

我们总会在某些特殊的日子
想起先贤，想起
过往的
苦难

地动山摇
血肉飞溅
都不曾推倒这悬崖边沿
破茧的固执

秋天的雨，能否在翻耕黎明之后
向曾经的满目疮痍
播下
涅槃的种子？

谜　底

我的余生,就隐藏在
一个层层包裹黄昏和落叶的洋葱里
这就是我
每天都执着地想要剥开它的原因
我急于看到那一层层幕布后面
存在着
一种怎样的未知与神秘。尽管我十分明白
最后的谜底,除了虚无
就是
辛辣的泪水

我的表

当我的表在手腕上走到
黄昏

脚步变得有些迟缓

送去修理吧，谁又能恢复它
刚买时候
年轻的样子

“咔嚓咔嚓”……那节奏
如疾驰的火车轮子，铿锵
而且欢快

齿轮磨损了，钟会停摆
而时间
不会停留

一碗汤

曾几何时，我和太太开始
与儿子保持

一碗汤的距离

这是一个看起来很近
却又非常遥远的距离,仿佛
咫尺天涯

我不希望缩短这段路程。有了这碗汤
我们就有
诗和远方

胎　记

忙碌的时候向往闲暇
真的闲了
却又羡慕忙碌

单身的时候渴望伴侣
真有家了
却又怀念单身

居家的时候惦记旅游
走出去了
才知远不如家里

少小时候期盼着长大
头发白了
却又总想起童年

事与愿违，是与生俱来的
胎记
永远挥之不去

预　演

哀乐，陪伴着朋友远去的脚步
我身着肃穆的礼服
垂首于相识与不相识的人们中间

我依稀听见前后左右
不时传来的啜泣
心里却没有悲伤

因为我知道,这是我再一次排演着
自己人生大戏的
必然结局

今夜晴朗

月色略带点寒意，洒在
初夏的肌肤上，涂抹原野的沧桑

那种久违的清润与华丽
仿佛一位美美地醉了的诗人
在思乡的井台
梦归故里

我的躺椅在窗前眺望
思绪的云朵倒悬于天河
沉浮缥缈，纺织
某年某月心事里的片片痴情

虫吟浸泡在时光里
夜色消融，晚钟渐渐悠远……

怀 钓

夏日的白昼
汗渍的思绪始终寻找着
一片
善意的树荫
所以在星空如歌的时候,我会
执意走出庭院的围栏
去旷野放肆地做一次伸展运动
然后
以弯月为钩,蛙鸣为饵
抛向夜的深处
钓一尾鲜活的清风
烹一锅
暗香弥漫的
惬意

晚风徐来

当太阳落山的时候
我消失了
我很确定这不是妄想
因为我再也找不见自己的影子

我听见树梢在头顶“沙沙”作响
紧合的牙床
开始发出疼痛的声音
庭院里的蔷薇一瓣瓣地散落
仿佛祈求着来生的救赎
于是我决定稍稍克制内心的恐慌
等候徐来的晚风
将遮住月亮的云层移开

也许在夏日灼心的漫漫气息中
沉着，会还给我
另一种
意想不到的存在

听　夜

试图用灯光去丈量
黑夜的深度
就像
用身体的坠落去丈量一口枯井
答案
注定残忍

于是我丢掉所有的照明
闭上眼睛
开始用脚,用冰凉的指尖
去触摸前行的方向,去捕捉
遥远的
拔节和开花的声音

虽然慢点,而且泥泞
但
心里踏实

悄悄拐进月色

这世间无论多少风景
都只是在旁观
一粒粒尘埃随风飘逝的轨迹
见证秋风中的黄叶,始终找不到
栖息的驿站

殊途同归,迟早是人们终极的觉悟
正如太阳
跃出东海便一路向西

唯一不同的是
落日还会照亮另一个世界
而我们
只能在一个适当的时候
悄悄拐进月色

有些日子

有些日子
弯弯曲曲如远古的走廊
两边布满
陌生的房间

早晨，看一片阳光落地
溅起蝉鸣和花蜜，迷茫和饥渴
匍匐于
斑驳的窗棂

傍晚，黄叶已经飘散
而虫鸣依旧
幕后乡音像一把虐心的剑，刺穿
整个冬季

房间与房间对望着
默守那份静谧。何处是桥
一只迷糊的蜘蛛缓缓爬过
不动声色

沙　画

季节和日子，就这样
从指缝里
流下来
没有色彩，也没有
声音

而他讲述的每一个故事
都能震撼
人们的心灵
冷暖，抑或
沧桑

短暂的美丽
其实是融入骨髓的
这些图案无须理解
它们的结局
只有作者知道

路　遇

在黄昏的拐角处，我呼吸困难
望着她
鼻孔塞满了芳香

她莞尔一笑，神秘地
告诉我
你的牙掉了

惊慌失措
却始终找不到
镜子

人们哄然而笑
我汗如雨下，绝望地
要找回安宁

落　叶

数千年的日子
都这样
飘落在秋风里了

是谁将生离死别
演绎得
如此悲壮?!

飘落的心灵之约
铺满秋天,任由凄美的誓言
随风而行

世界是寂寞的

诗是寂寞的。诗人永远
停留在

幻想阳光的
黑夜里

画是寂寞的。画家日夜
挣扎在
渴望自由的
色块里

爱是寂寞的。爱人总是
隐藏在
生离死别的
背影里

路是寂寞的。行者始终
徘徊在
寻找终点的
迷惘里

世界是寂寞的。因为
我们的心
一直在
苦苦等待

曾几何时

曾几何时,每一个早晨都
那么清新
树梢低垂,悬挂你
透明的笑声
阳光黏合了天空和大地
门前溪水
清澈得让人心疼

曾几何时,每一个梦境都
托着邮花
千山万水,投出去
遥远的牵挂
高挑的黄手绢随风飘舞
芭蕉说给雨听的
你说给我

曾几何时,每一次重逢都
似曾相约

斑驳童年,在屋檐
滴成往事
我们在瞳仁里寻找
往日的溪水,日子
已结满霜花

曾几何时,每一个季节都
擦肩而过
岁月游走,在山那边
挂满红叶
蒲公英如天使飞翔
紧靠的背影,让爱
泪如雨下

懊悔

二十岁,我想送你一支
玫瑰,那时候

我一无所有

三十岁，我想送你一支
玫瑰，那时候
我疲于奔命

五十岁，我想送你一支
玫瑰，那时候
我忙于应酬

六十岁，我想送你一支
玫瑰，这时候
我已力不从心

八十岁，我仍想送你一支
玫瑰，却不知
该送往哪里……

心　态

淡定是一种心态，一如
寂寞。即使夜深如鏊
也能听见
树丫之间，月光流动的
声音

追寻是一种心态，一如
等待。即使烟云莽莽
也能望见
夕阳之下，伸向天边的
归途

思念是一种心态，一如
重逢。即使恍如隔世
也能潜入
千里之外，故土和亲人的
梦乡

幸福也是一种心态
一如痛苦。即使月黑风高
也能捕捉到
心灵深处,紫丁香酿成的
静谧

琴　声

月色穿过树林的罅隙
悄悄看我
出走
城门之外,循着她凄美的指尖
我梦游般地
出走

当旋律解开
胸前的第二颗纽扣
我便闻到

久违的春草。而此刻正值夏天
正值
烈火灼心的日子

躺下
任她指尖轻柔地拨弄
我的发际
群山疑惑地抱紧我
想让我
重回安宁

七夕不老

当岁月行进到
这个
布满鱼尾纹的七夕
鲜花不再,只有对望的余香
老而弥坚

两只手照常握着，轻轻地
它们如此熟悉，就像公园里的那张长椅
已记不清谁曾来过
握着的，到底是宁静
还是
昏花的眼神

四季不老。从绽放到枯萎
凋谢的
是喧嚣的日子
而青春和激情依然盛开，深沉地
匍匐在
佝偻的背脊

原野铺满了阳光。绿茵的记忆
依然年轻
谁在奏响那支舞曲？树梢低垂
萦绕
两位老人，静静地对望
他们的七夕

等 待

庭前栀子，白了又泛黄
我能否期待
下一次的馨香？

家中电话，提起又放下
我何时等来
一个熟悉的号码？

窗外季节，瘦了又繁华
我如何挽留
黄昏的西下？

枕边日子，翻开又合上
我该怎样读完，那一页
画上句号的安详？

散　步

太太说
今天去校园散步
你还是
拾掇一下啊

我对着镜子
剃须、洗漱、着装，再系上
澳大利亚寄来的
驼羊毛围巾

我们在那么熟悉的地方
走了两个时辰
就没有一个认识的人
来打招呼

生　日

太太忙了一整天
一桌子的菜
一桌子的色、香、味

只是少了点氛围
两支蜡烛
毕竟暗淡了些

吃吧别等了，太太说
她破例拿出来两个杯子
斟满了白酒

除　夕

来了好多的问候
微信和短信

太太说：赶紧回啊
干吗愣着

我不知该回谁、回什么
因为这些热情洋溢的文字
都来自
群发

计　划

我和太太弄了个计划
盘算着
何时去巴松错看湖
去布拉格踏青，去阿尔卑斯山赏雪
去斯德哥尔摩重游……

我们购置了最好的
户外着装

照明工具,甚至军用帐篷
期待有机会邂逅
划着流星雨的天空

三年了
我们的计划
还在计划中
因为孙子上小学了。还要
每周去老师家弹琴

失　眠

想过去的事情
睡不着

想未来的日子
睡不着

想什么都不想
还是睡不着

听见太太进厨房
做早餐

今天会吃什么呢？
睡着了

歇　凉

瓜架下
一张躺椅
一壶茶

躺椅旁
几只小鸟
几树花

斟一杯
抿上一口
再放下

有点醉……
眯眼望去
日西斜

寻　觅

一个人去公园
寻找
那张熟悉的长椅

坐下来
背包放在右侧,那是太太
习惯了的地方

对面树枝上
一只小鸟用嘴梳理着
另一只小鸟

她让我想起
太太年轻时
坐在我身边的样子

你是否还在等待

当西伯利亚寒流
刺穿
高山和密林，大地蜷成一团孤寂
人们的睫毛和胡须挂满冰凌
哄抢最后一个火堆
火苗随风摇摆
余温渐远
犹如那个小姑娘手心里，握着的
最后一根火柴

当撒哈拉沙漠
像一只愤怒的怪兽，掀起
黑色的风暴
村庄和田野纷纷逃离
天空的泪水冲刷着泥石流
吞噬着求生的欲望
一支支求救的手臂刺破长天
绝望地呼喊

奄奄一息的
女娲

当命运的扁舟
漂流瓶般地随波逐流
秋叶遮盖了前额的沧桑
未来像童年的照片
在心灵的高墙斑驳着,悄悄发黄
先祖的祈愿已被埋葬
日子追赶着日子
焦虑地询问:何时才能
安详?

我握着手心里
最后的那根火柴,听见一个沙哑的
声音:你是否
还在等待?!

口香糖

那是何等惬意啊
咀嚼
咀嚼
仿佛阳光穿透了每一条牙缝

仿佛
这世界的每一个角落
都在感叹,都在
行注目礼
遥远的晚钟被云霞染红
山风急速地掠过
在鬓旁耳语
相见恨晚

日复一日
年复一年
时光已然失去味道。当惬意逐渐褪色
阳光也会生锈

山风悄然离去,带走最后一丝留恋
只剩下毫不经意地
嘬嘴
转身
吐出去……

落地,悄然无声
在一个曾经高亢的角落
来不及啜泣
已被踩在鞋底

简单与复杂

简单的想法,往往导致
复杂的结果
比如女人
我爱永远胜于爱我
所以注定

要在热恋与失恋的交替中
纠结一生

复杂的问题，往往蕴藏
简单的结论

由米而饭是简单的
由米而酒就复杂了
简单与复杂，本来就一回事
比如石油
百姓称能源，学者称烃类混合物
而政治家们，既可简称为金钱，也可
将它复杂
成为战争的理由

一只蝴蝶

这是一只卓尔不群的
蝴蝶

她是那么与众不同，会在一个
迷雾笼罩的早晨
破茧而出

她从庄周的睡梦里飞来
飞了几千年
她从梁祝的哀怨中飞来
飞了数万里
历经磨劫，依然扇动着孔雀翎般的光辉
义无反顾地
飞翔

从早到晚，背负着星星和太阳
她就这样飞翔着，不知道
何时停歇
何处停歇
上下翻飞，进退自如
尽享
自由的天空

于是看见了海洋，看见了天边

一直向前延伸的绸缎般神秘的
蓝色
那是何等难以抗拒的诱惑啊!
斑斓的梦想？未知的彼岸？宁静
抑或怒吼,都只能是她
勇往而前的理由

云已很低,风已很急
推送着滚滚波涛
这只蝴蝶,这只勇敢的蝴蝶啊
毅然振翅而向
只为心中
一曲悲壮的交响

冲,向前
冲啊！再向前……

翅膀再硬,如何击退
浩瀚的海洋?
志向再高,如何越过
滔天的巨浪?

然而她一如既往,朝着自己找准的方向
向前,向前,向前……
哪怕是粉身碎骨,也不做一枚
徒然美丽的标本
供人观赏

我们不知道蝴蝶是谁
我们不知道
她将陨落哪里。我们甚至不知道
她是不是蝴蝶
但她的梦想我们都曾有过
而且一直催促着我们迈出去
超越自我的
脚步

微型诗选

执　念

终有一天,我会切开自己心房
让你看见
破茧的蝶

突然心动

瞳仁里,一只小鸟滑翔而过
美丽的风
搅动心窝

小　路

当两行脚印变成三行，才看见
快乐之花，蜿蜒于
崎岖两侧

父　亲

肩上扛着汗渍的日子，双脚
深深陷入
疼痛的泥土

夜　雨

无声的叙事,浸润片片竹叶
梦的窗口
慢慢打开……

桨　声

浓雾里的穿行
一阕晨曲
声声慢

站在云朵上

三两白干，一盘花生米
就能拌出
飞翔的魂灵

决　绝

落日悲壮地沉入黑夜
播种
另一个天明

操　场

曾几何时，隔着这个距离
偷偷看你
老了，跑道上脚印依然清晰

六月天

蜜蜂追逐着孩子的笑脸
我却听见
秧苗拔节的声音

小夜曲

姑娘们变得薄如蝉翼
晚风徐来
笑声抖落　一地星辉

盲　道

心灵的窗口
让脚
也能捕捉阳光

旁观者

伫立荷塘,翘首皓月
身后
几声蛙鸣……

素　描

暮色悠闲地涂抹着山峦
归鸦孤鸣,叼来
水墨浸染的声音

黄　昏

白莲花般的云朵，泣着血
裁剪
悲情的天空

散　步

牵手晚霞，毫无功利地走
小路
自然宽敞了许多

耳　畔

月上梢头
虫鸣与钟声交替着
传递宁静

深　秋

溪流挽起落叶的悲凉
哽咽着
送它一程

望　乡

村口的槐花肯定开了。那香味
透进骨髓
回放童年

钉　子

悬挂在墙的日子,被一页页
撕下来,锈蚀的坚守
瘦骨嶙峋

空　杯

月影决然起身而去。留给我
这具
孤独的青花瓷

一　瞥

鸟儿在天空自由滑翔，翅膀勾勒出
尘世间
最优美的曲线

长　城

每一块砖石，都渗透着
这片土地
血泪斑斑的记忆

钓

时光与诱饵，都被那些
暗笑着的鱼
拽入水底，痛饮

古　城

故人脚印磨穿了日子
留下坑坑洼洼的石板，构筑起
光阴的废墟

晒

岁月把苦与乐拧干了
晾在竹竿上
任人选择

铅　笔

越写越短,却在留下的
故事里
得到永生

光　环

如日中天,就再也看不见
自己的
阴影

盆　景

睡梦中都在向往
山岳的怀抱
江河的乳

擦肩而过

太阳下山的时候,月亮升起来
蝉声歇了,蛙鸣又起
我想知道:你还好吗?

村　口

阿黄老了，天天趴那儿
耳朵贴地，倾听
主人回家的日子

冬之韵

洁净的安宁，在寒冷中
弥漫，酝酿
一声春雷

人　情

一张写满甜言蜜语的纸
跟着风
飘来飘去

友　情

记忆中抹不去的，还是那
重逢时
当胸的一拳

乡　情

窗外的虫鸣,声声带着
你
方言的口音

风　情

羞涩地蒙眼,心的指缝
却悄悄地
打开

矫　情

夏花灿烂，你就不凋零吗？
秋叶静美，你就不腐烂吗？
扯淡，扯淡！！！

错　觉

称写字为书法，视唱歌为歌唱
我们常把一点点爱好
当成了艺术

视　觉

看山水,当如精致的油画
看美女,应是写意的水墨
此时色盲,太太尤为欢心

听　觉

芭蕉说给雨听的
你说给我
呢呢喃喃,这才叫宁静

触　觉

清风是母亲的手
细雨是太太的手
馨香醉人,那是女儿的手

嗅　觉

当太太叫我们全称的时候
你会闻到
龙卷风的气息

家

每扇窗户背后，都埋伏着
大把故事，只等捅破
那一层纸

眼　镜

戴上它，就能看清
人
或者世界？

静

那是谁的箫声
将忧伤
吹湿月夜

老　屋

时光躲进生锈的窗棂
用网
布下陷阱

猫头鹰

捕食的诀窍
就在
颠倒黑白

焦裕禄

我一直在寻找,你顶着疼痛的肝区
那张不朽的
藤椅

阿　炳

街头艺人，也能让月色与泉水
顺着指尖
浸润荒芜的日子

达·芬奇

画蛋的时候，心头
已经种下了
永恒的微笑

泰戈尔

将星星揣在怀里,太阳置于额前
让花儿
开满胡须

邻　居

我住长江头,君住长江尾
一墙之隔
咫尺天涯

认　知

世上最痛苦的欢乐，莫过于
陪夫人逛街
伴孙子练琴

品　茗

唇边散发她指尖的味道
腹内充盈着
谷雨的馨香

耳　鸣

一串早春的鸽哨
在召唤
疲惫的童心

镜　像

无论挺得多直，已然找不回
年轻时
孤傲的背影

群　发

将敷衍挂上鱼钩，抛出去
期求钓起
另一端的真诚

体　检

让仪器和医生告诉你
倒计时
何时开始

玉　兰

痛了一冬的凋零,涅槃为盏
将春色
和盘托出

兰　花

如纤柔处子静守窗台
面对喧嚣凡尘
暗自神伤

荷　花

根下,心眼糊满了污泥
茎上,脸颊灿烂着高洁
该信谁呢?

梅　花

任霜雪打压,绝不仰面
寒冷
造就了一身傲骨

牵牛花

藤蔓悄悄地攀附
吹着喇叭
往上爬

惬　意

两张躺椅一壶茶
瓜架下
我给太太数头发

云起时

整个尘世，都在翘首
一场甘霖的
洗涤

回　首

一幅幅美丽的沙画
在岁月的风中
扬作尘埃

鸟 鸣

风雨之后,阳光穿过树林
拾起
撒落一地的悲欢

背 影

冬天乘着悲怆的轮椅
转身离去,目送它的
是鹅黄的春枝

老照片

夕阳佝偻着，抚摸老屋墙上
一个个
逐渐冷却的故事

三　月

麦苗青了，菜花黄了
而许多蜜蜂，却
再也不能回来

天　问

春风回暖，三月的画笔
该如何涂抹
凝了一冬的泪痕

临　春

鸽哨逆着风撕开云层
向未醒的冻土，投下
一米阳光

过　节

人们从箱底取出笑意
艰难与烦恼
暂且封存

端　午

汨罗江的浪花
让粽子和雄黄酒
泪湿双眼

游　子

拐杖杵在异乡的土地
看燕子归来
衔泥做窝

野　酌

溢香
弥漫着家的味道
惆怅渐暖

蝴蝶兰

晨风里徐徐地摇曳
翅膀真漂亮啊，太太说
可惜飞不起来

宽　容

让装满仇怨的漂流瓶
去大海里
自由诉说

遗　憾

铁杵已然被时光磨细
却再没有力气
穿针引线

萨克斯风

瘦骨嶙峋的秋风,用悲凉
询问着
回家的路

花　市

装点出来的四季
总觉得
缺了点什么

体　会

爱可以永恒,而被爱
却像花儿
既美丽,也会凋谢

年　味

檐下悬挂的腊肉，终于
闻到了
酒窖的馨香

漂流瓶

即使是流浪的寂寞，也期盼
有
靠岸的时候

石　林

这些石灰岩,固执地坚守着
数万年前
在海底的样子

无　题

谁能告诉我,秋天
是收获
还是凋落?

落　日

下山之后，还会
照亮
另一个世界

黄　昏

世间的人事风物，都在
岁月的迟暮中
变得模糊

孙　子

我教他做作业
他教我
做人

省

如果在镜子里
再也找不到自己,请别怪
天色已晚

怀　表

齿轮已经磨损
而时间
永不停留

乡　愁

雨天的屋檐，点点滴滴
都是过往，却又
似是而非

读

日子一页页翻过去
谁又能告诉
主人公的结局

人　生

路延伸着
鞋已磨穿,而目的地
仍在远方

破　茧

一切的艰辛，都只为
自由地
翩翩一飞

残　荷

季节逐渐消瘦
半收的雨伞，再也撑不起
含露的蛙鸣

老　街

秋雨绵绵,那条石板路
从屋檐滴下来
直插心窝

秋如许

桂香骑在大雁的背上
向南飞去
留下寂寞的山林

音　符

谁在拨动江南的心弦?
那不是天籁
那是秋雨,清瘦的呢喃……

霜　夜

任冷风刮走心上的秋
字典里
不再有“愁”

原上草

季风一阵阵掠过
摇乱了
遍野的枯荣

摆　渡

落叶在空中飞翔
是死亡
给了她翅膀

立秋夜

季风依然炙热。它的枝头
开始弥漫
湿润的虫鸣

秋　蝉

以哀鸣蘸着月色
写完
夏天的遗嘱

落叶如痴

心中创痛,总是被秋风的手
一次次撕开
让悲戚　慢慢撒落

破　绽

春天的布景里
飘下来
一叶红枫

徘 徊

心中的无花果，到底
该不该
为她绽开

路 口

紧紧鞋带，拍拍身上的泥土
顺着荆棘的指尖
向前走

归 根

扒开青苔，喝一捧
苍凉的秋水
醉倒，不再醒来

木 雕

翅膀与眼神，都被
凝固在
岁月的伤痕里

尘　埃

在从未开启的帷幕上
我们留下过
自由飞舞的痕迹

短诗选

叶芽记

从去年秋天开始,你
慢慢进入冬眠
那些沉淀心底的梦想,一直
等待着这一时刻

暖风撑破冻僵的皮囊
仿佛小鸡出壳,用嘴尖
叩开
披挂梦魇的铠甲

探头,用二月的画笔
给枝头点睛。原野渐次复苏
张开山水的肺叶,大口呼吸
稀薄的鹅黄

堤岸像一页宣纸,浸淫绿的水彩
季节摇摆着善念
将贮藏了一冬的阳光
返还人间

新年将至

二婶从集市回来
脸上挂着晶莹的冰花。她的胸
比往日高出了许多,因为
一年的劳作和来年的盘算都
揣在那里

二叔伸手过去捏了一把
被二婶“啪”一巴掌拍了回去
二婶说闺女要回了
那是她的嫁妆。还有
明春的种子和肥料,加上你那几口
马尿,都码在那儿呢

二婶把一箩筐的年货搬上灶台
然后生火。她要熬一锅
新年的美景,让男人和闺女
都大醉一场。灶火烤化了脸上的冰碴子
将二婶还原成

早先的那个美人儿

二叔呆呆地站在一边,忘了
点燃手上的旱烟
他一把抱起二婶去了里屋
二婶“咯咯”的笑声,将火红的窗花
抖落一地

半盏孤茶

雨丝涂抹着堤岸的鹅黄
江南春早,的确是一个不宜告别的
时节
半盏茶汤,竟然可以载走孤帆
将一轮圆月,浸泡在
苦涩之中

岁月青藤,缠绕在记忆的巷口
唇齿之间,依旧是
你纤纤的指香。有个背影
斜靠在一片阳光肩头,陪伴我
用心守护
落单的余生

老 兵

儿子、儿媳和孙子
都去了南方。老兵有点寂寞
就衔着旱烟
坐在村口的碾子上
咀嚼
碎烟叶一样的过往

云层很低。要下雨呢
老兵感觉心口有点异样，从胸袋
摸索出来
一辈子暗自的珍藏。那是
在阴暗潮湿的热带丛林，一场
惨烈的肉搏之后
某位肩上扛着三颗将星的人
别在他胸口的荣光
老兵忘不了那一时刻，胸前弹孔
尚未愈合，心窝在隐隐作痛
那感觉
就跟现在一样

老兵把包裹自己生命的粗布
一层层剥开
就像在灶台上剥开一个洋葱
眼角的皱褶开始湿润。他清楚
那块本应闪烁的金属，早已
锈迹斑斑
而那些硝烟，那些血染的阵地
也依稀遥远
就像儿子孙子和许许多多其他的人
渐渐遗忘了
这个抽着旱烟的老兵……

老兵抬头望向村口，有点吃力
那条蜿蜒得模糊的小路，悄悄伸向
山外的战友和亲人
老兵真的累了，就靠着碾子
让眼皮慢慢地合拢。一滴浑浊
挤出来
被天空洒下来的点点晶莹
稀释

创可贴

一个十岁的男孩，曾经
举起皱巴巴的一美元，向邦迪掌柜
乞求上帝
这桩交易的结果是
一老一小，用内心深处的善良
包扎了这个悲凉尘世，一道
心灵的伤口

今天。各国的政府、社区和学校
乃至每一个家庭
都在伸手可及的地方，陈列
那个长大了的小孩，
用“邦迪”命名的小小发明

当年乞求上帝的孩子
借感恩之手
将邦迪老头的仁爱撒满人间
小小药贴

让这个遍体鳞伤的世界
有一种力量,能够阻止撕裂
和流血

春之舞

雪原。最后一棵树轰然倒下
光阴四溅
惊醒沉睡的暖风

萌芽的芭蕾回归舞台
季节追光
足尖灵动地跳跃和旋转

鸟鸣开始飞翔。鸽哨流畅
次第晕染
冬天的留白……

心弦渐绿。大地仰望着深海
拨动枝头春姿,还原
走失的经典

凭　栏

难得放晴。头顶
冷月如织
一首走失了作者的宋词
静得有些悲戚

平日里冰梢的万千水袖
悬挂于安分的夜。锣鼓消停
一面镜子
照着后台卸妆的人生

冬日的指缝间,缓缓漏下来
些许的暗示。村野梦游着掌灯
寻一盏
落单的桃红

曲　终

人散了。留一曲贵妃绕梁
盘旋在戏台中央
她微醺的美妙，在马嵬坡
戛然而止
故事远未结束。唱戏的杨玉环
开始品味
生活的夜宵。她在盘算
要不要
给等到半夜时分的李四郎
也
带回去一份

一个人的咖啡

生活的砂糖，被寂寞手指
松开
掉进杯子里的下午

搅拌。那些巴西利亚阳光
一片象征意义的树叶
破碎于旋转的潮汐

黑与白,在闲暇三月讲和
音乐
慵懒地写在风上

窗外。路人在寻找从容
邻桌有两朵蓓蕾
昏暗情调,被耳语稀释

抿。再抿……终能苦尽甘来
她拎起心情的手袋
准备寻找下一个窗口

路　口

你摸索着，推开那扇
关闭太久的门
就注定会来到这里

岁月的汽车马达，满载
喧嚣的生活
从你与生俱来的黑夜里碾过
一万种捉摸不透
犹豫成发条疲软的钟摆。四周
都是困扰，举步维艰

破茧吧！让冻僵的梦想振翅一飞
让指尖上的敏锐，粉碎
东西南北
去捕捉花香与鸟鸣，或者触摸
一片丰满的阳光
让心底迷茫，四下逃散

这是一条涅槃的盲道
所有路口，都为思想者
亮起绿灯

突发的念头

秋雨。一只麻雀
缩在窗台
水滴溅起慌乱的眼神

犹如某个寒冷的夜晚
你倚着我
瑟瑟发抖的哀伤

突然想伸出手去
隔着揪心的玻璃,梳理她
凌乱的羽毛

就像梳理
你
已遥远的头发

街头即景

路灯昏黄。萨克斯风
流放着
悲凉的冬月

小小女孩走过来，朝
张开的琴盒
扔了两枚镍币

一只白鸽
轻轻落在演奏家肩头
溅起些许雪花

独坐草间

风的指尖
掐着深秋的节拍
拨弄
满地枯荣
我已预感到，命运的羽毛
即将坠落

不想逃遁，也无处逃遁
季节的凋零不可抗拒
一颗星照亮黄昏
曾经的诺言就这样铺成了寒霜
就像岁月之花
悄悄开在了我的鬓边

我的发梢
寂寞地模仿着渐衰的野草
她们的摇摆噙满了泪水
而我的面颊悬挂着一滴夜露
等待
凝作忧伤

请宽恕我的谦卑

我就是一片布满虫眼的
树叶
边缘残缺,就连螵虫飞过
也不会注意
我在树枝的指尖上
索索发抖,然后挣脱枷锁
开始
在空中飞舞

没有谁注意到我的欢乐
因为人们相信
我
不配欢乐,不配
在风的托举中去展现片刻的高光
我的归宿就是毫无归宿地
流浪,直到变成小溪里
一朵
转瞬即逝的浪花

其实我一直承认自己的卑下
即使在那些恢宏的诗句
被口香糖一样踩在脚底的时候
我仍然与他们相距甚远
至少我不能像他们那样执着
在鞋底
也能唱出美丽的赞歌，并
黏附着鞋的主人
去到想去的地方

我知道自己很快就会腐烂
所以
我在彻底地被命运粉碎之前
祈求善良的人们
给谦卑的魂灵留下
一点点
宽恕，让这个高贵的世界
不致
也布下满身的虫眼

老照片

夕阳
悄悄
从窗口溜进老屋

战栗着,依次抚摸
墙上
一桩桩斑驳的往事

时光之手,将佝偻的眼神
“吱吱”地
纺成了童年

夜　雨

湿润的夏夜，沿着
古老河道
悄悄走过，去寻找
梦的故土

岁月的笔，涂乱了
水面的容颜
留下
沧桑落款

谁的心弦在拨动
收割的惬意
将雨丝
重新梳理

红樱桃

隆冬,一盒来自澳洲的樱桃
每一颗
都噙满了南半球
灼热的阳光
那是朋友一粒粒摘下来的
含在嘴里
满腹是她指尖上
汗渍的余香

没有语言,也没有祝福
层层精心的包裹已说明一切
相别多年,每当我感到
寒风彻骨的时候
她都会将这个曾经的夏天
用回放的方式,绽放在
我的心中

今生或许不再谋面,而樱桃

每年都会挂满

美丽的

眺望之树

两个人的时区

我们的手机
总是在不同的时间
同时惊喜
炎夏与寒冬,竟然可以
十指相扣
牵手
同一条环球的长街

如果昨日的竖琴,还能在明天
轻轻拨动
请相信
我就能在未来所有的
季节里,零距离地
为你修复
疼痛的指尖

同学聚

毕业十周年
整了五桌。开宴前
我们起立、举杯
祝老师康乐长寿
一饮而尽

毕业二十年
摆了四桌。开席前
我们起立、举杯
互祝健康快乐
喝了半杯

毕业三十年
订了三桌。开局前
我们起立、举杯
盼各自珍重
抿了一口

毕业四十年
凑了两桌。开饭前
我们起立,没有举杯
为先走一步的同学
默哀

一米阳光

每次来到这个边陲小镇
都会去一个茶馆
不为茶,只为
那块牌匾

一米阳光,多好
将温暖和光明加以裁剪
然后方方正正地
挂在头顶

沐着这片阳光,走进去
择一张靠窗的椅子
坐下来
然后发呆

一边看着过往的行人,看着他们
匆匆的行色
兴奋、焦急或者疲惫,一边轻松地

饮上一口

没有贵贱没有贫富没有纷争，没有
任何的心绪
只是静静地让世界从窗前
走过

这种惬意，只有在这片阳光下
发过呆的朋友
才能
体会

我在梦想，能否将
这一米阳光
摘下来，带回去，让它照耀
不再漫长的余生

白　话

朋友批评，说我最近
常以白话
入诗

我喜欢白话，比如
床前明月光
疑是地上霜

艰涩与华丽看上去很了不起
其实
少了些回味

就像一盘河豚内脏放了各种佐料
很香。美美的
却只有厨师

问题不在语言，而在诗人是否揣着读者
是否在家国情怀之中，找到
突围的美丽

把根留住

这是一首曾经的老歌
在海峡的浪花上
荡漾

那时传唱
想到的是团聚,是
游子的心绪

当鬓发被时光染白的时候
再唱一遍,才知道
不那么简单

五千年的梦呓太长了
我们的先祖,他们的根
伸向哪里?

在子子孙孙的血液里
漂浮着的,不仅仅是
根

寒冬边缘

我站在寒冬的悬崖边缘
透过步步紧逼的朔风
眺望
阴冷的天边

想象那里何时能撕开
一道裂口,漏进一米阳光
伸出手来拉我一把

我在等待回答,而脚下的泥土
开始松动
刀刃般的雨雪簇拥着,要将整个山岩劈开

干脆抛开那根紧拽的树枝
我明白
岩石断裂,再大的树也照样坠落

跌下去并不可怕,如同涅槃

在深谷的丛林里
定会有一双春天的手
将我接住

雨水,泪水

雨水是女人的眼泪
从孟姜女到林黛玉,她们的泪水
延绵滂沱
无论长城的缺口,或是
潇湘馆的竹叶
都流淌着
千百年的哀怨和忧伤……

雨水是良知的眼泪
从古罗马厮杀到二战屠城,血腥的泪水
延绵滂沱
无论恺撒的荣耀,或是
东条英机的耻辱
都记录着
历史的苦难和警醒……

雨水是上天的眼泪
从非洲丛林到楼兰遗址,地球的泪水

延绵滂沱

无论动物的消亡,或是

水土的流失

都倾诉着

伤痛的悔恨和渴望……

雨水是流不完的眼泪

从宇宙的起点到时间的尽头,心灵的泪水

延绵滂沱

无论过去的痛苦,或是

未来的期盼

都聚集着

注定的悲怆与兴衰……

那一刻

我站在寒冷的冰河上
任夏季的风衣飞扬，等候远方
袭来的冰雪
双臂已经张开
一切的摧枯拉朽，都将
融化于
燃烧的胸膛

没有缘由
迎接风暴是唯一的选择
无论寒流来自何方
都必须
决一死战！让养育我们的这块土地
从此
镇定自若

落叶在潮湿的浸靡中
开始发霉

而新芽，正在地火的怀抱里
孵化生机
当她们穿透曾经冻僵的脚印，春天
必将
破土而出

我们总是在时间的滑梯上犹豫

我们总是
在时间的滑梯上犹豫
那是因为
对到达终点的
恐惧

用红巾围上松弛的颈项
没有半点意义
正如黄昏
其实是
黎明的延续

身边俗事
都披上高贵的外衣
明知大河毕竟东流,还是要
用虚荣
染黑头顶的银发

我们不知什么时候停下脚步,也不知道
谁来修补下一道阶梯
直到生命的网络断线
仍期待
过期的版本,在子孙的重负中升级

可否计算过:一生中的微笑和话语
有多少属于自己
可否想象过:如果抛却了红尘
是否有人取下伪装的口罩,任阳光直射
带有胎记的躯体

来去匆匆,又何必
在时间的滑梯上犹豫?我们都明白这个道理
然而一觉醒来,才发现故我依旧
津津乐道的,还是昨天
阳光下的露滴

时钟嘀嘀嗒嗒

当生命的时针指向中年
所有繁华过的季节
不再盛开
溪流变得浑浊,雨水整夜地敲打着
无眠
深不可测

太阳喷薄而出,固执着
移向西山……就像我们,生下来
便奔着死亡而去。时钟周而复始
敲击山林深处的寂静
仿佛提示,某种永恒的
年轮

我的脚步,伴着嘀嘀嗒嗒的催促,不知
何时停留
何处停留
我看见大洋深处,一个顽强的漂流瓶
挣扎着
不肯沉没……

品　茗

品茗是一件很讲究的
事情
沐浴熏香，迎苦口师
拿起来
放下去
一上一下之间，就生出
万般的滋味

和太太一起品茗，却没有
那么复杂
就着她关于生计或子女的絮叨
眉飞色舞，抑或唉声叹气
一杯杯往下喝
所有的讲究，都化为
简单的快乐

亲　人

母亲的爱是毋庸置疑的
所以我们不经意
就对她大喊大叫

父亲的爱是不言而喻的
所以我们也常常
就对他不言而喻

岳母的爱是弥足珍贵的
所以我们只能是
对着她百般恭顺

太太的爱是久经考验的
所以我们喝醉了
她便是垃圾桶和醒酒汤

女儿的爱是贴心孝顺的
所以再忙再远

也会有温馨的视频

儿子的爱是拴不住的
好男儿志在四方啊
况且明天,他就要娶妻

岁 月

母亲将岁月放进菜篮子
一提就是
六十年,伴我们
长大成人

父亲将岁月放在肩膀上
一扛就是
一辈子,让全家
平平安安

我将岁月写在讲义里
一站就是
四十载,在教室
一茬茬收割

太太将岁月放在锅台上
一炒就是
半世纪,陪着我

慢慢变老

岁月将我们聚在列车上
呼啸而行
到站时，该下的下该上的上
没有例外

朋　友

朋友的微信,大可不必
秒回
啥时候回复
下雨了
他照样给你送伞

朋友的劝导,大可不必
顺从
架吵过了
递过来的
还是那杯咖啡

朋友的心事,大可不必
猜度
实在弄不明白
直接问他好了,抑或
给他后脑勺一掌

朋友的饭局，也大可不必
掺和
因为他想请的
是那些
还未真成朋友的人

朋友委托的事情，却是要
竭尽全力的
成或不成
告诉他一声就行，鱼肉熊掌
都妥

诗　人

踟蹰在开满小野花的田园
想象着
关关雎鸠
该如何收割

美女如风掠过，背影渐远
深呼吸
季节的余香
攀过冒汗的鼻尖

一杯酒能染红脸颊
十杯酒能染红天边的秋叶
一百杯酒呢？夜空
寂寥无语

失眠碾压的记忆
支离破碎
心灵的余光照亮河山，良知
飞身而下

初　秋

初秋是美好的
菊花开了
残荷还摇着余香
树木坚挺着，坚挺着不让
落叶

然而风已渐凉
谁又能挽住这美好的时节
让凋零的寂寞
推迟
到来？

唯有记忆
能将所有的良辰美景
在精确聚焦的时刻
初秋般地
定格

正午与黄昏

正午的阳光，总是不偏不倚
从头顶
垂直地穿过躯体
我们只能从脚印里
去寻找
生命的碎片

而晚霞留给我们
颀长的影子
那是一句
被岁月拉长了的忠告：
所有的高贵与荣耀
都躲在你的身后

秋　雨

秋雨将一丝丝寒意
送上心头
窗外竹叶，悄悄地重复着
难眠的忧伤

落叶四处找寻归宿
哪一片荒芜，来年
还能长出
新芽般的笑声

有几瓣落红，顺着溪水
唏嘘离去
虫鸣不再，仿佛为逝去的光阴
默哀

凭窗眺望，群山的轮廓
已然消失，有谁
能在暗夜的那端，为我掌一盏灯
照亮远方

梦　呓

行囊装满乡愁,回到
这片土地
那是我撒着脚丫,漫山疯跑的
地方

我的发小呢？我的让鸟儿也停下的
儿歌呢？那些来去自由的风啊
还能否带回小溪边,那个快乐地淘菜的
姐姐——

麦苗儿青来菜花儿黄
口弦儿短来回味儿长
惊蛰的雷鸣清明的雨
哥哥哟,妹妹为你牵肚肠……

岁月渐远,城郭的喧嚣被喝令停止
这歌声,这若隐若现的乡音啊
何时再让一叶靠岸的竹排
甜美如初……

飞翔的鱼

我想做一条
会飞的鱼
去到高远的湛蓝，穿越那些
白莲花般的云朵

渴望翅膀，是因为水底太冷
太黑
需要一些
光亮和温暖

当我在透明的天幕下
自由翻飞
人间的滚滚红尘，势必
尽收眼底

梦想为鱼，是因为无意烦恼
喜怒哀乐、善恶美丑
只需七秒

就能通通忘记

为了这
不同于鸟儿的飞翔
有别于海底的游弋
渴死也值

翅膀和鱼
阳光与白莲花般的云朵
就在我脆弱的心灵
完美定格

莲　心

谁能想象
那些高贵的花瓣层层包裹的
是内心的痛苦

这种
赤脚埋没于荆棘的悲情
竟然可以
用美丽的桨声去采摘

喝汤的人，能否从点滴清凉的
浸润中
品尝出她良苦的用心？

停不下来

夏天蜷缩在树荫里
叫卖
偶尔的清凉
我很想喝一口舒缓的气息
去稀释
腋窝里的汗渍

但
蝉声停不下来
挥舞的镰刀停不下来
天空开始聚集的云停不下来
大雨,已经签署
决绝的战书

天气预报虽说常常不准
也难消除
我的种种担心。如果停下来包扎
手心的血泡
这一季的穗子,也许就
再也不能归仓

你

你不用知道我吃什么、穿什么
也不用那么斯文地
问起我的称呼
对于这个世界，我不过
就是一个符号
一粒
我也不知道如何称呼的尘埃

也许准确的定义
是那个漂亮的中学语文老师
给我下的
她在我的一篇作文后留下过
这样的批语：你
仅仅是这个世界上
人人都有的
一个人称代词

至今，我还常常梦到她

把那个代词
扔到我鼻尖上时
生气的样子

为某个秋日盘算

雨一直不停，顺带着投下
一丝丝的伤感
窗外已瘦的枝丫上
几片残叶索索发抖，又像是
用舞蹈诉说
某种
重生的欲望

室内的光线逐渐减弱
我蜷缩在一张躺椅上，盘算着
这扇窗户
明天是否会突然明亮起来
是否会有一片阳光
像雨一样，悄悄地
飘到枕边

宋词里的秋容已经凋零，我不想
和她一样多愁善感

今天的都市毕竟热闹了许多
我决定找一把油纸伞
去湿透了的旷野走走，顺便
为将要萌发的快乐
找一处归宿

立　秋

夏天仿佛还未到来
秋日
已不期而至
日子总是拉拉杂杂
而季节
从不拖泥带水

光阴分分秒秒
都在催促
儿时的风筝还飘在云朵里
一转眼,手中的拐杖
就成了
人生大戏中
不可或缺的行头

天色虽然有些沉闷
而心情
却豁然开朗

无论春夏秋冬，经历过苦难和饥饿的人们
都格外珍惜今天的每一棵草、每一片叶
和每一个清晨
阳光闪烁的露珠

立秋一过，谷物逐渐丰满
勤劳的人们，开始磨砺
收割的喜悦
山那边的树林，以自然过渡的层层色彩
悄悄描绘
某种
即将苏醒的梦想

公园的那张长椅上，等候着一位
四下张望的姑娘
我相信
她的白马王子，正在季节的拐角处编织花环
同样忐忑地期待着
秋天
瓜熟蒂落

夏天来了

芒种一过,夏天就来了
知了和蛙鸣
让心情变得浮躁
就像一棵老树,开始炫耀
落寞的枯枝
如何长满了新叶

墙上的水银柱有些失控
不愿停下攀缘的脚步,让我想起
太太发脾气的样子
她唠叨着要去村野,看看
清晨的露珠,是否还在荷塘碧绿的伞上
优雅地滚动
而我想到的,却是那些潜伏在水底的
莲藕,该是
何等惬意

风已蜷缩于树荫之下

偶尔以她滚烫的指尖，拨弄我
潮湿的发际，让我稍稍泛起
心猿意马
这些烈日灼心的日子，是否
还有人记起
我们汗流浃背地
薅秧打谷的
过往

夏天来了，鸟儿照样在云朵里
自由滑翔
她用翅膀划出美丽的曲线
平息我心头的躁动
这时有一只沧桑的蜻蜓，轻轻落在
荷花的肩上

夏日心境

当仲夏的阳光灼痛前额
春天的那一份从容
便已然萎蔫。犹如那些花团锦簇的日子
再一次
悄无声息地擦肩而过

心中原野
开始不由自主地疯长。湿漉漉的杂草
就像无可奈何的发际
一滴滴往下流淌
滚烫的不安

荷塘的静谧不辞而别。即便夜晚
天上的星星都能听见
鼓噪的蛙鸣,和
窗户后面
那些无眠的辗转

风倒是长眠不醒，树叶也
磕头打盹
对面山坡上的桦林，看上去
站得很直，其实早已在知了的喊杀声中
拱手缴械

我斜躺于瓜藤之下，眯眼想象
是否有人
还能将从容追赶，坚韧地夺回
一段
往日情缘

夏　天

当季节的时钟指向仲夏
所有凋谢过的绚烂
重又盛开
尘封过的文字，溪水般
欢快而清澈

清晨的面纱，弥漫在
拔节的原野，向将要苏醒的
寂静
送去
婴儿吮吸的声音

云雾散尽，迎来第一片阳光落地
太阳花扭头望去
一只小鸟，驮着知了的唠叨
在蓝天白云之间
越飞越高

夜晚诠释着空灵
星光穿过姑娘薄如蝉翼的着装
送上微风的祝福
徐徐带走
额前的污渍

忙活一春的人们来不及喘息
开始汗流浃背地
磨刀霍霍,准备收割
劳苦之后
颗粒归仓的甜蜜

我的生命

当枯枝发芽的时候,我的生命
是否
也会发芽?

我想做一只破茧的蝴蝶
让柔弱的翅膀
惊醒
自由的春风
或者小溪里的一条鱼
逆流而上,去寻找繁殖欢乐的
某个地方

我祈求在此之前
时光的石碾,还未来得及
将我粉碎
让我呼吸新鲜的原野
尽管在绵绵的梅雨季节
曾经燃烧的床笫,已经长满

洇湿的苔藓

我想深情地拥抱我的爱人
让她对这个世界
感到
镇定自若，让她同样深情地望着我
给我铲除栅栏的力量
任扬子江
夺眶而出

我相信发芽是迟早的事，因为我
内心的种子
早已萌动；我触摸到自己
浑身上下的刚强
触摸到
这种刚强四周的呐喊
前所未有

也许等不到枯枝发芽，我的生命
已经
绿树成荫

时间是一杯喝不完的咖啡

一旦心情远离尘嚣
我就看见
时间
在天地间奔跑

这个世界
每一棵花草，每一根悬挂季节的枝条
每一片山川，每一缕青丝染成的白发
都布满了她的足迹。轻盈
而摧枯拉朽……
它就这样跑着，驭着风一样的自由
来去无踪
一刻也不曾停歇

当溪水漫过童年的脚背
未来
就一刹那变成历史
仿佛每一曲哀乐，都在倒叙着某些故事

回放曾经的浪漫和哀伤……
她开动着魂灵的专列
满载今生抑或来世呼啸而过。却又
悄无声息

我常常在想,当这个世界不复存在
天地之间,是否
还有一杯喝不完的咖啡,永远
值得回味

雪花告诉我

雪花轻轻飘落,她告诉我
沧桑纵横的面颊
可以融化
一切的寒冷

雪花静静飘落,她告诉我
悄无声息的心灵
可以听见
遥远的惊雷

雪花慢慢飘落,她告诉我
急不可待的期盼
也要合拍
季节的脉搏

雪花翩翩飘落,她告诉我
即使在冰河深处
也锁不住

鱼儿的歌唱

雪花尽情飘落,她告诉我
就在这片洁净中
春天的花蕾
已经苏醒

迎春花开

庭前一簇簇小花，星星般
睁开了眼睛
她们显得那么弱小
仿佛海浪中，被任意颠弄着的
无数的纸船

然而她们并无畏缩
顽强地、争先恐后地、一个接着一个
迎着凛冽的残冬
伸开臂膀，每一个花瓣都闪耀着
太阳的颜色

她们一朵朵地绽放，浑身散发着
迷人的清新
几只昆虫翩翩飞来
驻足花枝，品尝久违的
纸醉金迷

当她们手挽手连成一片
如阳光落地,我听见春天的脚步
在馨香中铿锵而至
将残余的冷风
踏得粉碎

多想拥抱一下
这些弱小的、朝气拂面的
美丽和灿烂
让腌了一冬的思绪
早早醒来

倒 影

我是太阳之下,一棵小树的
倒影
我的存在,只为诠释这个世界
为什么需要光明

只要矗立着未曾倒下
只要天空未布满乌云
任何灾难,都不能
迫使我逃遁

风的摇曳
会使我翩翩起舞
水的涟漪
反让我得意忘形

即便是夜幕降临,也不能
让我屈服
暗夜再长,又如何阻止

下一次的天明

苍穹之下,我体验着
渺小的伟大
尘世之间,我见证着
短暂的永恒

迟到的人生观

事情少了
时间多了
请不要辜负闲暇
想想他人
还在艰辛地劳作

微信来了
抖音来了
请不要忘记信笺
曾经带来
多少不眠的日子

头都白了
牙也松了
请不要再一人弄条红围巾
去证明
“我们永远是年轻”

脑迷糊了

心明白着

请不要在身体上插满管子

来吸走

我最后一点尊严

什么时候

什么时候,命运的舞台
不再上演悲伤
迷茫的手指,不再被烟头
熏黄
让早春的鸽哨带走天空泪水
路边野花,又一朵朵
自由开放

什么时候,人生的信天游
才能翻过山梁
岁月的顾盼,不再为梦魇
捆绑
让欢快的乐曲萦绕山外彩虹
记忆的高墙,涂满
玫瑰的馨香

什么时候,历史的季节
不再重复荒唐

古老文明挥舞起青春的翅膀

心灵伤痕

在人们的相拥里渐渐愈合

举目四海

碧波荡漾

来去匆匆

母亲说
你从生的起点来
向着生的终点去

老师说
你从无知河边来
向着智慧彼岸去

朋友说
你从相识相知来
向着高山流水去

妻子说
你从前世姻缘来
向着来世恩爱去

菩提说
你从来的地方来

向着去的地方去

来了,只为了去
去了,只因为来
来去匆匆,是谓永恒

雨的夜

一张矜持的幕布
把尘世的诱惑
悄悄地
掩藏起来

屋檐诉说着
点滴往事，让我想起昨天
丢失在闹市区的
一双球鞋

无须掌灯，我看见了
幕布后面
那些潮湿的月光
纷纷降临

壁　纸

我站在季节的交叉处，端详
一座城市的夜晚
天空像一张弯曲的壁纸
包裹着
高楼的闪烁，广场的喧嚣
街市的嘈杂，以及
车来车往的快乐与悲伤……

多少年来
我一直倾心的那一份宁静和从容
不知何时
已远离了灵魂的故土
躲进了
那张深不见底的壁纸
被数亿光年远的黑洞
一点点地吞噬

仲夏的炙热拂面而过
它的存在注定不会长久，正如

我们栖息的这颗星球
在那张壁纸上,只是一粒尘埃
在这面变幻莫测的镜子里
洪荒以来的所有智慧
都显得
苍白无力

所以我格外地珍惜。珍惜
父母赐予的生命,祖先留下的足迹
朋友呈献的关爱,大地孕育的美丽
家居时的油盐酱醋
远足中的疲惫惬意
大海波涛卷起的春潮
小溪浪花送别的秋悸……

我站在岁月的交叉处,端详
这个世界的夜晚
一张美不胜收的壁纸
星空下清晰而平实的日子
端端嵌入心头
那个屏幕背后的
静谧

书　笺

在一个霜花如鬓的日子
我开始清理
过往这团乱麻
一只睡得很沉的蝴蝶
从某本史书的夹缝里滑出来，悄悄地
唤醒我
久违的良知

那是一个朝气弥漫的季节
我却看着她
在充满氰化气的瓶子里，凄婉地扇动
临终的美丽
然后以淡定的姿势
定格
沉默的空间

心疼与忏悔，轮番碾压着我
童年的幼稚

真不该撕裂那翻飞的舞姿,将她
翩然的晴空
压缩成梦魇紧锁的黑夜
一时的快乐,却
永远不可饶恕

就让她静静地躺在白雪里吧
看看来年的春风能否重新扬起
她
馨香的翅膀

秋　夜

风已远了
落叶还躺着
这条沙沙作响的小路
是否伸向
瘦削的深秋？

雨已停了
溪水还流着
那些漂浮落红的浪花
是否在稀释一个忧伤的邂逅？

茶已凉了
泥壶还守着
周遭潮湿的寂静
是否听见
窗棂边固执的守候？

夜已深了

床灯还亮着
一页页翻过去的日子
是否滋润
你杂草丛生的心头？

清　零

雪花传递着跨年的钟声
日子就这样
一天天、一年年地抛弃了我们
而梦想
仍在增添白发

黄昏的鸟鸣
将寂寥的羽毛散落一地
留几朵破碎残阳
涂抹期望的枝丫。而季节
已骨瘦如柴

焰火炫空，试图证明什么
然后散落成肩的重量
散落成
快乐的蝌蚪，去孕育某些
迟来的收成

等　你

我在黎明的十字路
等你
等你如破茧的蝴蝶,从欲晓的天际
翩翩飞来
美丽的翅膀扇起二月和风
拂遍解冻的原野,让
徐徐拔节的希望,孕育
又一个
万紫千红

我在正午的驿站口
等你
等你如绽放的荷花,在人头攒动的堤岸
摇曳
馨香簇拥着荷叶的朝露
水银般向前滚动
一路折射
金色的阳光,还有阳光下
艰辛过后的

笑颜

我在黄昏的拐角处
等你
等你如漫山的红叶,挥舞成收割的
喜悦
秋天的旋律已不再苍凉,悠扬地
目送
岁月呼啸而过,叮嘱人们
不要
误了季节

我在华灯燃放的阶梯上
等你
等你如炽热的焰火,挂满华丽的夜空
所有的日子
都在这一刻光彩夺目
让每一个仰望的瞳仁
绽放出
燃烧的梦想,绽放出
鸟语花香的
明天

今夜月光

再次相遇,几乎想不起
你的名字
与此有关的遥远印象
我能拧出来晾晒的,其实
就一件风衣
一片在蓝色海洋里
忽隐忽现的
鱼鳞

我感觉风在推着我
向你逼近
似乎马上就能触摸到
你模糊的体温,以及某些
似是而非的故事
那一片鱼鳞在树梢上固执地摇晃
抬头望去,今夜月光
比昨晚亮了许多

本诗为“世界诗歌网”全国同题诗赛周冠军作品

不可抗拒

生命犹如一炷香。
点然
就一寸寸缩短

天空可以接纳某些飘散的往事
而时辰
渐渐衰老如烟

缩短。缩短。所有的苦难化为灰烬
只需
一炷香的功夫

风,或者季节
会带来种种希望。而命运
拒绝妥协

在周庄

这一串古镇的愁肠,曾穿过
多少
油纸伞的忧伤
如今喧哗的小巷,何处还能找回
那些刺绣江南的
姑娘?

旁观者说

将站立的腿弯曲折叠
双手合十，似乎魂灵就显得
虔诚起来。仿佛殿外
湿漉漉的鸟鸣，都能撩起
木鱼的水心

那雨，只为芸芸众生而下
只为善念缘分而哭
演出来的姿势，永不入法眼
上天
一直偷偷地看着

心不在佛，所有非分之想
不过一地鸡毛

疼痛的谜语

又到三月，七年了。一匹飞马
折断翅膀，跌落在
深不可测的梦中。它所引起的疼痛
无声地走进牛年

亲人和朋友都默默投花于海
就像把凋谢的等候
在沉没的希望里，再腌制
一次

他们并不奢求答案。需要的
或许也就是关于一两块碎片的消息
而这些碎片已经逃离
人们认知的时间和空间

麦苗青了，菜花黄了
许多蜜蜂却再也不能回来
天空和大海用浩渺的词汇，再次写下
这个谜语的疼痛

草于2021年3月8日

追　梦

经验告诉我,梦
是可以重复的。而你的名字
在我的梦里
从未出现过第二次

你的容颜像一朵云。你的体温
也似是而非。我想深情地呼唤你
却忘记了你的姓氏,而且
声带模糊

但我知道那就是你。一只夜夜
潜入梦境的精灵
问题是每当我一步步向你靠近
就会诡谲地醒来

呼吸的石头

我是一块会呼吸的石头
因为呼吸
我有了属于自己的灵魂。我的身体一直这样
坚挺
坚挺着去感受路过世间的风情
或者沧桑

我看见春风掠走桃花的高贵
秋水流去残叶的卑微。我还看见
某个失恋的早晨,一位姑娘恰好路过
她靠着我坐了一会,哭了一会
说了许多伤心的事,然后
孤独地走了

我比较喜欢有孩子攀爬
他们骑在我肩上,向爷爷奶奶挥着
漂亮的手绢。这时候
我常常产生一种做父亲的错觉。觉得

这个世界多少还是公平的
有那么多事物还坚守着真实的情感

毕竟,我只是一块石头
即便呼吸自由,内心的种种想法
仍然羞于示人。我并不甘心
就这样伫立在天地的一隅。希望
日子的吊车,每天送我
到一个陌生而快乐的地方……

春天的昭示

摇摆。摇摆。摇摆……
整个季节的绿
就从柳堤鸟鸣中荡漾着开拔

我有点跟不上她们的步伐
那种四面八方蔓延式的推进
超越了任何节奏

那就是岁月的鼓点吗？天地轮回
的确有太多的奥妙，让人
捉摸不透

比如日食。比如月圆。比如
一只饥渴的流浪狗
却在舔舐大雁翅膀上的伤口

我忽然意识到人类的渺小脆弱
仿佛一觉醒来

终于触摸到了真实的内心

天边一道彩虹,为我紊乱的脚步
昭示了
追寻的方向

漫长的告别

五年前的秋天,二叔的心开始凋谢
二婶问二叔:剪子呢
而剪子
在二婶手里

过了两年,二叔的心几近荒芜
二婶问二叔:该吃饭了吧
而午饭
刚撤下餐台

去年某一天。二婶对二叔左看右看
然后说:你是谁?来咱家干吗
二叔哭了
他的旱烟杆也老泪横流

如今二婶昏迷三天了。医生摇摇头
走出病房。二婶睁开眼
对二叔说

二蛋,咱要回家了……

声音很小,却震得二叔目瞪口呆!

二婶迷糊了整整五年

临了,竟

忽然间叫出了二叔的乳名

晴朗的清明

在我的记忆中,清明
就是一道道雨丝织成的画屏
踏青。扫墓。原野。山林……
三月的脚步
皆因湿润而变得柔和

而我奉上的这杯酒却是刚烈的
正如墓碑上镌刻的魂灵
他们用刚烈而“清澈的爱”,将春天
定格在
一个国家的界桩之上

这些刚烈的清澈,这些比加勒万河谷
更深的爱
为湿润而柔和的节气
播种了灿烂的心情,让天空
如此晴朗

酒已斟满。让刚烈与柔和都留下
滑翔的痕迹
我看见几只阳雀,在柳堤的腰间
摇荡低垂的枝条
为路过生命的时光饯行

睡

一生的快乐和悲伤
葬于枕下

来回地碾压、咀嚼和辨认
疼痛的耳根听着窗外
竹叶潇潇的私密含义,试图弄清
某些日子
孰是孰非

直至
若干个天明

朋友老黑

老黑不读诗,但他喜欢海子
尤其喜欢海子热血飞溅、惊世骇俗的
结局
如果有一天心沉老井
老黑说,或灵魂干涸如败林枯藤
他也会义无反顾地
去拥抱
那条伸向远方的路……

铁轨静静地等了好多年,没有等来
老黑的消息
人们不知道他去了哪儿
在做什么

直到一个大雪纷飞的黄昏
终于有快递不期而至。那是一盘
老黑从某座冰峰留给大本营的传奇
通话喘息急促

断断续续地讲述了
老黑和一场雪崩的故事,还有
老黑胡茬上
冰碴断裂的声音

我翻来覆去地听他从牙缝里
挤出来的
这句沙哑的淡定:今天可能
不回来吃罐头了
第一次感觉
泪水也能像融化的冰川,将我
满脸的沟壑
冲刷得干干净净

老黑很快乐,也很平静
老黑找到了
比海子
更加自由的归宿

本诗为“世界诗歌网”国际诗歌擂台赛日冠军作品

平原游击队

——写给一代人

多年以后又挤在一起
喝酒
灯光像往事一样幽暗
适合记忆
我们一说起童年,就想起
平原游击队

没有《红与黑》没有《变形人》也没有
安娜·卡列尼娜
我们的经典就是平原游击队
不知道爵士不知道摇滚也不知
吉他弹唱,那时的我们
一唱就是
松井的队伍——垮杆(儿)、垮杆(儿)……

(那小曲儿 ,真过瘾啊!

我们唱着唱着,居然就慢慢地
长大成人)

关于平原游击队,关于松井
我们无师自通
仇恨那些
牵狼狗端刺刀的
日本人
我们居然学会用另一部电影的对白
作为接头暗语
——消灭法西斯
——自由属于人民
这类暗号曾让我们非常感动
让我们的见面
变得亲密而神圣

是的。是松井和李向阳
教会我们懂得战争。虽然那些个季节里
我们营养不良,甚至不懂
在妈妈生下我们的壮举中,爸爸
有什么意义

而今天的兄弟姐妹们,刚会走路
就能谈情说爱
他们知道电脑知道手机还知道
如何减肥
却没人懂得
什么是
平原游击队

谁还愿提起我们的童年
谁还愿提起
我们的平原游击队。多年以后
当我们不再能就着老迈的灯光喝酒了
我们的子孙
已不明白什么叫和平
甚至人类的字典里也彻底删除了“战争”
我们神勇无双的李向阳
是否还能
“杀他个回马枪”?

烟抽完了,酒也喝得舒坦
你站起来说消灭法西斯我该走了

我说自由属于人民今后多多保重
当时光
伴着你的背影渐渐走远，我仍然在想
何时还能回放我们的童年
这部
黑白电影

本诗获《星星》诗刊1995年“新诗精品大奖赛”艺术佳作奖

镜　子

我以为，当童年尖叫着在镜里
奔跑的时候
光着的脚丫会被砾石或泥泞
磨成锃光闪亮的马蹄铁，能够踏破道路上
插满尖桩的种种陷阱
但我感觉到的却是乡村柔软的干草
或者海滩上
盐一样白而细密的沙粒

那种惊喜和舒适
陪着我做了好长时间的美梦
后来这些童话像布满虫眼的落叶
被秋风散落得
到处都是

这就是为什么我刚刚以为
明白了自己，就又
开始糊涂

它的确能告诉我一些真实的东西
比如我脸上的一块瘢痕
那是艰难岁月里
为了争食一小块烤红薯留下的印记
它同时又告诉我一些
不真实的东西。比如这条瘢痕
这条苦难日子的印记
悄悄从右脸跑到了左脸

而那些
我曾经由衷仰望的
风景
现在看上去也是锈迹斑斑,变得
似是而非

后来我开始秃顶
我天天对着它装扮自己的恐慌
试图用同样稀疏的幻觉
去掩饰现实的深不可测
仿佛一筒发胶,就能重新回放
没有皱褶的日子。直到

一个月光如泻的夜晚
我从一退再退的发际看到了腐朽的年轮
终于承认
三千年不朽的胡杨
只是一个神话，一种内心恐惧的
镜像对称

那以后
我尽量看上去意气风发
虽然随时硬撑着玉树临风的样子
却始终未能抹去
略显佝偻的背影……

再后来
拥挤的时光堵塞了我的智慧
我开始傻傻地去寻找一粒尘埃
去想象它翩然飞舞过的轨迹
是如何逼近
戏台中央令人眼花缭乱的水袖
何时能定格
在这平静的湖面

我也许永远不得而知，抑或也
无人可知
这面镜子告诉我
积雪溢出脸上的沟壑绝非偶然

于是我决定与内心讲和
这让我
在目送某列高铁载去余生的时候
还能用快乐和安宁，去抚摸
昨日的站台

本诗为“世界诗歌网”国际诗歌擂台赛日冠军作品

母亲河

长江，总以一种秀丽一种透明的
矜持
概括母亲的形象
一幅比五千年更悠长的壁画
优美地镌刻在
太阳的目光里。悄悄醉着
古铜色的中国

梦想比歌谣更加久远。波光粼粼的
船工号子
以匍匐的姿势逆流而上
沿乱石穿空的历史绝壁攀缘
沉重的脚步深深浅浅
觅着更沉重的目的。脚窝带血
亘古不绝

神女的顾盼
已随孟姜氏的传说飘得很远

长江,真想看看你发脾气的样子
你的苦难
你的伤痕
你的那些比《江河水》悲愤一千倍的
往事,早应咆哮成
裂岸的尊严
让雷电劈头而下吧！爱的桅杆
很坚强
信念的桅杆很坚强
一味温顺溺爱,养育不出血性男儿

长江,我的母亲河啊
你用母性的骨血
温柔了我贫瘠的土壤
就连沉默寡言的天空也猜不透
你的履历
既然五千年船工号子是你孕育
既然望不尽泱泱华夏是你滋养
我
就一定要寻找！让风帆直指
生命的源头

峭壁上悬挂的可是祖先的眺望?
峡谷里掩埋的可是纤夫的足迹?
唐古拉日出原是我壮美的童年?
虎跳峡惊涛就是你激荡的青春?
……
你的高远你的深沉
你的轻柔你的暴虐
这一切
都隐藏着什么意味着什么?
告诉我,长江
民族之魂,绝不只是一种忍耐一种秀丽的颜色……

不要再深藏内心的苦难,长江
母亲的隐痛也要分担
冲开所有的暗礁和隘口吧
把心照不宣的情愫燃烧起来
让中国的桅杆箭一般穿过。两岸顽石
远远地
抛在身后

听啊！长江

古老的号子已找到新的节奏

汽笛长鸣

中国的远航不会搁浅

我们永不抛弃

匍匐的姿势。那串带血的脚窝

远不是纤夫的结局

拥抱未来吧,我的母亲河

让你滋养的华夏歌谣,把中国

唱成古老东方的

奇迹

本诗获《诗歌报》1994年“全国人民保险诗歌大赛”二等奖